그리움의 강

그리움의 강

이우환 시집

세종출판사

앞에 쓰다

올 여름, 더워도 너무 덥다.

새벽에 하늘이 자지러지듯이 큰 소리로 울부짖으며 동이물을 들이붓더니 오늘(8.23)은 그나마 조금 누그러져 참 다행이다.

큰 일? 보러 원고뭉치를 들고 출판사로 가는데 땀 내 잔뜩 찌든 어중잽이 늙은이의 몰골은 면할 수 있기 때문이다. 마음의 노략질에 문자로 부질없이 장난질해댄 '시(詩)'랍시고 쓴, 나의 졸필을 별도로 한 권의 책으로 엮는 게 더 좋겠다는 출판사측의 제안에 시방 변명을 늘어놓는 새설(辭說)을 또 뇌까리게 됐다. 길이 끝나는 곳엔 길은 또 이어진다고 하더니...

그렇지만 '좋은 술은 마시기도 전에 취한다'고 하듯이 나로서도 따로 엮는 이 한 권의 시집(詩集)이 오히려 그 '좋은 술'이 되지나 않을까 싶어 그리하기로 했다. 그게 설사 꿈이라도 좋다. 어차피 인생살이가 한 판의 꿈속 놀음인데 뭘. 지난 일들은 모두가 꿈이고, 현재도 꿈이고, 미래 또한 앞으로 꿀 꿈인데 기왕이면 신나고 행복한 꿈이라면 더 좋은 것 아닌가.

나는 내가 사람으로 이 세상에 와서 너무 좋다.

인간이 동물과 다른 점이 있다면 빛깔도, 냄새도, 형체도 없지만 '마음'을 갖고 있다는 것이다. 이 마음만 잘 가꾸고 다스린다면 지금 사는 이 세상, 이 순간이 바로 천상극락이고, 이것의 장난질에 속아 넘어가 끌려다니다 보면 아귀지옥이 저 까마득한 땅속 그 어디에 있는 것이 아니다.

이 책에서 나는 '생(生)은 구름처럼 흘러가는 것이고, 사(死)는 밝은 달을 따라가는 것이다' 라는 어느 선사의 말씀을 엿보기 하면서 책갈피 곳곳에 나의 생각들을 시의 형식으로 표현해 보았다. 그저 내 마음 가는대로 붓방아를 찧어 본 것이므로 독자들께서는 책장을 넘기면서, 아무런 부담도 없이 편안하게 글을 접할 수 있을 것으로 믿어 의심치 않는다.

끝으로 나의 졸필이 한 권의 시집(詩集)으로 출간되기까지 온 정성 다 해준 아동문학가 강길환님, 책의 제호(題號)를 정성스럽게 써준 대한민국 서예대전 초대작가, 심사위원 허종자님, 그리고 시종 여러 조언을 아끼지 않은 이윤환 교수 등 세분의 벗님들께 무한한 고마움을 전하고, 아울러 이 책을 접하신 독자 여러분들의 강복(降福)을 빈다.

2023년 가을

이우환(李禹煥) 씀

차례

여름

가을

겨울

| 발문 | 책 끝에 보태는 글

봄

화사한 꽃,
그들의 화려한 생명의 잔치 마당

아버지

숲실 들머리, 조산배기 산자락에
배알 틀린 꼴머슴 마냥
꼬불꼬불 굽이진 논두렁길,

못짐 진 뒤뚱 걸음 아버지가
논바닥에다 못짐을 부리고,
한숨을 부려 놓는다.

아들 놈 육성회비 마련에
근심 한 포기 떼어 심고,
큰 딸 아이 혼수 장만에
시름 한 줌 떼어 심는다.

구릿빛 등허리 위로
따가운 햇살이 누르는 한 나절,
저만치 새참을 이고 오시는 어머니.

논두렁 가 소나무 그늘에서,
탁배기 한 사발
쌈지 담뱃불 한 대 재워 물면,

여지껏 보릿대 모자 속을 맴돌던
근심도, 시름도
졸졸졸
논도랑 물을 따라 떠내려간다.

봄날 밤

작은 보름,
정월 보름을 대보름이라 하니
2월 보름날은 작은 보름이다.
해안가 갯바위에 부딪는 파도소리에
하늘의 달도 내려와 물결에 부서진다.

구름에 달이 가리자
이른 봄밤 별빛이 총총하다.
한걸음, 두걸음 되놓는 발걸음에
달이 님인양 따라 걷는다.

아직은 한기 머금은 봄바람이
가파른 오솔길에 낮게 깔리더니,
키큰 소나무위에서 달빛을 타고
하늘로 날아 오른다.

더디게 오는 봄

너더러 누가 손짓 하더냐,
너 없이는 못살겠다고 아우성치는 뉘 있어
언 땅을 걸어 오는가.

너는,
누가 사슴목을 빼거나
기다리지 않아도 오고 있다.
잡힐 듯, 잡히지 않는 아지랑이 날개짓처럼...

살얼음 녹는 실개천에서,
고기떼 꼬드김에 한 눈을 팔고
우수가 그리운 땅속 뿌리와 실랑이로
또 한 나절이다.

늦겨울 여린 볕살이
아쉬운 발자욱을 남길 때,
그제서야 가재걸음으로 온다
느릿 느릿 참 더디게 온다.

고혼(孤魂)

초록이 여무는
꽃지는 봄 날,
삭이는 봄의 여운
아쉬운 발걸음.
마지막 향기 겨운
색바랜 꽃잎이,
잎새 영그는 가지에
상념으로 젖는다.

삼짇녘 눈썹달도
숨어버린 이 밤에,
봄비 속을 건너오는
청초한 외로움.
적멸 흐르는 허공에
서러움 걸어두고,
시름 한 올 덜어내는
잠 못 드는 영혼아!

2004.4.22

16

저 달을 벗 삼아

구름 걷힌 하늘에
외로이 머무는 달,

절영도 바다위를
스치는 바람에게

저 달을 벗 삼아
같이 놀자 하였으나,

바람이 달을 두고
저 혼자 가버리네.

텅 빈 즐거움

이상한 이름의 태풍이
거센 바람과 큰비로 땅 하늘을 놀래키더니
어느새 청명(淸明)한 햇살을 하늘 가득 뿜어내고,
성숙을 보채는 유월의 여름은
뒤쳐진 단오중천(端午中天)을 데불고 어둔 밤을 넘는다.

더위에 습기 머금은 장마가
하늘을 서성대다 대지위로 맴도는 계절,
흐리고 비오는 후터운 여름날인지라
무뎌진 감성 메말라 텅 빈 가슴은
청량한 한 줄기 바람을 사뭇 그리워하겠지.

18

태풍의 장난질이 반가울 리 없고,
장마의 유희가 우울을 더하겠지만
그로부터 하늘의 소식 접하고
자연의 섭리 보게 된다면야
선과 악 분별없이 뜬 구름 오간다 할 것을...

산다는 것이 고통 바다 속이라지만,
그래도 웃으며 산 날도 적지 않았을 터
시름은 포갤일이 아니라 내려 놓는 것
마음 비워 걸어가는 터벅 걸음에
밝은 햇살 피어나고 웃음 향 넘실대리라.

2004.단오 밤이 저무는 시간

고향의 밤하늘

찬란했던 봄의 슬픈 조각들이
지천으로 흩어져 오월도 저무는 날,
노을이 내려앉는 푸른 들녘에
한 배미의 논보리가 노오랗게 익어 간다.
작년 가을 어느 날,
저 땅속에다 농부의 숨결과 희망을 심어
혹한의 모진 시집살이,
인동초(忍冬草)의 질긴 생명력으로
서러운 세월 버텨내고는,
여린 봄 햇살에 환희의 웃음 날리며
벌 나비 춤사위, 야생초 꽃향기를 따라
세월의 두께에 겸손을 익혀
벌써 저리도 성숙한 자태로 섰구나.

언제나 삼베적삼에 살 냄새 짙게 배인
어머니 품속 같은 고향,
사립문 밖에서 쳐다본 까만 밤하늘엔,
북두가 동심의 토장국을 퍼 담고
미리내가 구만리 장천(長天)을 돌아 흐른다.

그러나,
어릴 적 그 소란하던 개구리 울음은
한밤 뻐꾸기의 피울음처럼,
서러운 한 안으로만 삭이는 듯
어둠의 눈치를 살피며 흐느끼고 있다.
귓가에 들리는 쓸쓸한 저 소리는
그 종(種)의 생명들이 줄어든 탓이겠지만,
쉼 없이 유수의 세월을 떠돌며
숱한 삶의 질곡을 허덕이는 동안
한없이 왜소해져 버린
나의 감성 탓만은 아닐 터인데…

오월이 가면

아카시아 꽃향기 눈부시던 오월,
그 찬란했던 오월이 간다.
주말마다 잦은 비를 하사하고는
그래도 아쉬움 남았던지
마지막 그 하루까지
하늘의 소리를 전한다.

긴 겨울을 움츠린 뒤,
한참을 기다린 끝에 찾아온 엷은 봄 햇살이
마냥 정답기만 하더니,
걸어온 자취 회한으로 남고
삶의 흔적 굴곡의 모습 더 많을지라도,
계절의 길목 버티고 서 있었기에
짓궂은 봄비일망정 타박하지 않았다.

작은 것 하나에도 쉽게 일렁이던,
가슴속 감동마저 식어버렸는지
덧없는 세월 질곡의 삶에
어느새 언설의 포효 사라지고,
목 넘겨 삭이기 힘든 인고를 삼키노라면
들불 스쳐간 황량함처럼 허허롭던 세월!
오월이 지나간 빈자리
유월의 나그네가 터 잡을 때,
아쉬운 시간 가지 끝을 맴돌던 봄의 숨결이
명년의 꽃수레를 손질 하리라.

기다림의 시간 아무리 길더라도
끝닿은 곳 있을 터,
더딘 걸음 탓하지 않으며
어둠 내려앉은 창가에 여명이 찾아 들 듯이,
가는 이 봄일랑 우리들 가슴, 가슴에
성숙과 희망의 씨를 뿌려
정성의 호미질로 가꿀 것이다.

2004.5. 그믐밤에

봄 속의 겨울

유난히도 눈이 잦았던 겨울,
그래선지 아직도 망설이고 있는 봄,
삼월 중순의 황석산(黃石山)마루는
여전히 하얀 눈이불을 덮고 있다.
삭풍에 실려 온 눈들이
면도날처럼 달라붙은 나뭇가지 위에서,
순백의 설화로 피어 지친 품을 쉰다.

저 겨울 나무들!
하얀 나비 날개 같은 무게의 눈송이들이
무에 그리 무거웠던지,
사지를 꺾인 채 꺼억꺼억 울고 서있다.
허옇게 드러낸 저 속살들은, 또 얼마나 아리고 쓰라릴까.
봄이 오는 소리 멀지 않을 때
찬란한 희망을 그리다가, 그리다가
끝내 마지막 놓아버린 서러움은
얼마나 깊은 절망이었을까.

심술궂은 겨울바람이 그토록 모질게 앙탈만 않았어도,
기왕에 오는 발걸음의 봄이
조금만 더 보채기만 하였더라도…
어쩌면 겨울나무들은
벌거숭이 맨살을 덮을 솜이불인양 하고
흩어지는 그 눈송이들을
스스로 보듬지는 않았을지 모를 일이다.

그러나,
제 발치에다 거꾸로 머리 꺾은
저 나무들의 슬픔도 잦아들고
또다시 봄빛이 요동칠 때면,
영문도 모르는 온갖 초목들은
초록빛 맑은 얼굴을 푸른 하늘위로 쳐든 채
요염한 교태를 흩날리겠지.

2005.3.15.

봄밤의 서정

가슴 시린 상념에 젖어 뒤척이는 밤
적막의 소리에 지친 몸 기대고,
겨운 시름 창가에 걸어둔 채
홀로 찻잎을 우린다.

그리운 얼굴들 찻잔 속으로 들고,
저민 가슴에 보듬키는 추억, 추억들
가슴 가득 밀려오는 세월의 회한
그 너머로 비치는 적요한 밤 그림자.

차향에 헹궈낸 맑은 가슴은,
살금살금 다가오는 봄내음에 취하고
어스름 창문 너머에서 기웃대는
여린 봄 실햇살이 그리운 밤.

2005.3.8.

동심몽(童·心夢)

연초록 엷은 봄이 졸린 듯 내려앉고,
솔 그림자 드리운 양지바른 산 자락에
옹기종기 살부비고 도란대는
외딴 초가동리 한촌(閑村),
뒷동산 고개 넘어 묏등 사이로
봄햇살에 수줍어 고개 숙인 할미꽃.

사랑놀이 정겨운 노랑나비 한 쌍이
아지랑이 치마 품으로 나래를 쉬고,
벌판 맴돌던 봄볕이 고단함을 접을 때,
텃밭 헤집던 암탉들도 안마당을 드네.
청솔가지 저녁연기 부뚜막을 감돌 즈음
향긋한 봄나물 내음이 정제간(淨濟間)을 채운다.

살갑게 다가온 어둑살이 자리를 펴면,
엷은 창호지 문을 적시는 어스럼 호롱불 빛
그 불빛 아래로 다섯 개의 숟가락질이 정답고,
토끼 꼬리 같은 봄밤은 동심으로 영근다.

2005.4.4.

자갈치 꼼장어

꼼장어 사이소!
아이씨요! 이리 오이소! 구경 한 번 하고 가이소!
자갈치 시장에는
억센 경상도 아지매, 할매들의 투박한 사투리로
언제나 활력이 넘쳐난다.

바닷속 깊은 뻘밭가를 어슬렁거리다
그물을 무등 삼아 뭍으로 시집나온 나 꼼장어!
어느 횟집 어항 속에서, 하품질 해대다가
아지매 손길 따라
흙갈색 얼룩무늬 옷이 벗겨져서는 흰 속살을 드러낸
다.

빨간 치마저고리로 갈아 입혀진 내 몸은,
달아오른 잉걸숯불 철판위에서
마지막 소신공양을 올린 채
하얀 연기를 따라 영혼은 하늘을 향한다.

어느 아자씨 입속에서,
쫄깃쫄깃, 맵쏘롬하게 즐거움을 안기고는
위와 장을 돌아 혈관을 타고 흐르다
가는 실핏줄 끝에서 피도 되고, 살도 되리라.
그리하면 내 한 생은 또다시 인간의 몸으로 되돌아와
새 생명으로 이어 질지니...

한 가지 소망함이 있다면, 입맛과 보신만을 생각하며
게걸스럽게 먹어대는 그런 인간의 입속이 아니라,
육신을 유지하는 약으로 알아
내 영혼 인도환생으로 이끌어 줄
고마운 사람의 몸속으로 드는 것이다.
맛의 즐거움은 덤으로 따라옴을 아는 그런 사람...

2004.4.30.

비련(悲戀)의 낙산사

을유년, 식목일 낙산사!
당신의 육신 불길 속으로 스러지던 날
검은 연기 하늘을 덮고,
온 산하가 통곡하였더이다.

당신을 휘감고 타오르는 검붉은 불길은
이미 환장하여 미쳐버렸습니다.
시뻘건 아가리를 벌리고는,
닥치는 대로 삼켜버렸습니다.

텔레비전 화면에 비치는 불길 속 동종은
전신을 불사르는 비장한 소신공양(燒身供養)이었고,
종각을 에워싸고 하늘로 치솟는 화염은
차라리 거룩한 다비식(茶毘式)이었습니다.

당신의 육신, 초토화 될 때,
내 영혼도 더불어 스러지는
한 점 재가 되어 버렸나이다.

양간지풍(襄杆之風) 드센 바람에 업혀 온,
비정하고 몰염치한 불길 앞에
누백년 정기담아 꿋꿋이 버텨 선
당신의 다리는 꺾이고 말았습니다.

천년의 세월을 고고히 얹어 온
당신의 어깨마저 으스러지니
이제 얼마의 세월을 더 견뎌야
당신의 옛 모습 다시 볼 수 있겠습니까.

오호!
불법(佛法)수호, 금강역사는 어디로 가고
호법신장 사천왕들은 무얼 하였습니까.
불의 탈을 쓰고 미쳐 날뛰는 그 화마를
어찌 그리도 외면하시었나요.

한가로이 원장(垣墻)위를 날개짓 하던
허공의 여린 생명들은 어디로 사라지고
칠층석탑 발밑을 보금자리 하던
땅속 미물들은 또 어찌합니까.

아!
그래도 끝내 옥체 보존하시어
동해 바다 거친 물결 다독이던
붉은 연화 홍련암 부처님!
시뻘건 불길에 옷자락 태운 채,
검게 그을린 백의의 해수관음 보살님!

화마 훑고 지나간 먹빛 절터에
또다시 하늘위로 향 피워 올리고,
법당 부처님 열반 터 빈 자리에
정성어린 촛불 밝혀 주시옵소서.

두려움에 몸서리 떨던 어린 중생들,
시무외인(施無畏印) 자비손으로 쓰다듬어 주시옵소서.
그리하여 다시 세운 범종각에는
우렁찬 소리 온누리에 울려 퍼지고,
원통보전(圓通寶殿) 환생 부처님의 대자비가
하늘, 땅, 만산하에 두루하게 하소서.

2005.4.7

봄봄봄

유난히도 느릿느릿 걸어온 봄,
사월도 중순으로 발을 옮긴 뒤에야
온갖 꽃들의 잔치 요란하고
지천에 봄향기 물결이 넘실거린다.
잔설 해풍이, 겨울 동백가지에다 꽃의 숨결 불어 넣고는
강을 따라 거슬러 연분홍 매화를 깨운 날도 오래다.
한웅큼 샛노란 산수유마저 이미 눈을 밟고 갔으며,
지금은 화사한 벚꽃이
연둣빛 봄날을 굶주린 듯 핥고 있다.

비발디의 〈사계〉 고운 선율이,
아무리 아름답다 한들
봄꽃들이 펼치는 화려한 춤사위
저 꾸밈없는 자연의 생음악에야
어찌 비길 수 있을까!
소리없이 떨어지는 꽃잎을 보며,
봄의 소리,
꽃의 노래를 듣는 봄날...

2005.4.14.

여름

젊음과 푸르름,
그 싱그러운 청춘의 발산

서른 세 해 만의 만남

오! 이게 얼마만인가!
그 겨울 교정을 떠난 지 삼십 성상(星霜)!
까까머리 소년, 단발머리 소녀들이
반 백 의 중년으로 홀연하구나.
교문 나서 삼천리 산하 강토에
바람에 흩어진 들풀처럼,
아득히 먼 길 걸어도는 인생 유전은
늘어난 주름살 서리 내린 머릿결을
얹어 이고 왔구나.

헤어져 잊고 살며 지낸 서른 해
눈, 코 뜰 새 없이
바삐만 돌아가는 세월을
온 몸으로 부대끼며 사는 동안,
가슴에 흐르는 그 큰 그리움을
어찌 다 감당 하였는가.

말없이 마주 하기만 하여도
이토록 정다운 얼굴들,
다정히 손 다시 잡을 수 있음은
또 얼마나 큰 축복인가.

이제 우리 이렇게 만났으니
거추장스런 허울 벗어 버리고,
깊이 묻었던 가슴도 활짝 열어
반가운 얼굴 마주하며
그리운 이름 마음껏 불러보자.

언 가슴 녹이고, 무딘 감성 풀어헤쳐
어디 한번 안아보자
축배를 들자.
일상에 묻혀 잊고 살던 추억의 저 편
서른 해 전, 학창 시절
이제는 다시 할 수도
되돌릴 수도 없지만,
유수 같은 세월의 수레에
동심만은 실어가자.
바쁘고 빠르게만 살아온 지난 세월동안
아스라이 멀어져간 여유를 되찾자.
부질없는 욕심 버리고
주위도 살피며 살자.

오늘 이 자리,
서른 해 넘어 만난 이토록 즐거운 날,
마음이야 어찌 둘일까 마는
변해버린 모습에 겸연쩍어 하지 말고,
이 잔 주고, 저 잔 받아
토끼 꼬리 같이 짧은 밤 일지라도
장야취(長夜醉)하여 보자.
그러면서 쌓이는 도타운 정일랑은
마음속 깊은 연못에
소중하게 담아가세.

2004. 7. 3
삼가중학교 제17회 첫 동기회

그리움의 강

만남의 반가움이 열이면,
일상으로 돌아온 뒤 아려오는 그리움은
백천(百千)으로 쌓입니다.
무엇이 있어 이리도 진정되지 않는 가슴으로
파닥이게 하는지 모르겠습니다.

오랜 세월이 영겁인 양 헤어져 사는동안
어릴적 중학시절은,
차라리 하얀 망각인 줄로만 알았었는데
표출되지 않은 그리움들이
안으로 안으로만 젖어들더니
내 작은 가슴속에 그토록 큰 연못이 있었을까.

추억의 가지 끝에 달린
크고 작은 갖가지 사연들이
그리움의 이슬 되어 하나도 남김없이,
그 심연(心淵)의 바닥아래에
녹아있었나 봅니다.

서른 해 전 사춘기적 푸른 꿈들이
빨간 능금처럼 열매 맺기도 하고
때로는 파란 낙엽으로 져 버리기도 하였으며,
궂은 세파에 온갖 시름 얹어 진채,

휘청걸음으로 살아온 지난 삶이
버겁지는 않았을까.

동안(童顔)의 환한 모습 간데없이
구릿빛 굵은 주름이 그 자리 대신하고
유수의 세월에 탈색되고 앗겨버린
민머리 흰 수염은 또 어찌할꼬.
장터로 드는 서북편 모퉁이에 웅크린 채,
아무도 반길 이 없는
태풍 민들레의 광풍 포효를
맨 몸으로 버티고 선 우리의 모교가
그날따라 왜 그리도 작고 초라하던지...
만나는 기쁨의 설레임은
빗 속 그림자에 모습을 접고,
한 아름 서러움이 왈칵 솟구치더이다.

중년의 나이 따라 심성도 왜소해지는지
먹구름 장대 비바람 속을 천리 길 한 걸음에
하얀 발목 바삐 달려오신,
그 뜨거운 정성들을 보듬고는
가슴은 또다시 주룩비로 얼룩지고
여울져 흐르는 강물이 되었더이다.

40

삼십의 성상(星霜)을 바쁘게만 살아오는 동안,
멀어져버린 기억은
뒤집혀진 이름표에 얼굴 모습 그려 넣고서야
멋 적은 미소로 인사를 대신하고,
마지막 희미한 기억 한 자락을 붙들고
갖은 애 다 써보아도
끝내 물음표 지우지 못한 얼굴은 어찌 합니까.

지천명(知天命)!
성하(盛夏)의 뙤약볕 살이 기운을 아끼고,
중천을 넘어 해거름으로 향하는
일락(日落)이 더 가까운
그래서 하루, 하루가 더욱 소중해지는 중년의 우리들,
그런 우리들에게 가장 큰 행복은 건강입니다.

님들이여!
부디, 부디 건강하시길...

2004.7.6. – 갑신 칠월 초엿새
삼중17회 동기회를 마치고

*삼가중학교(경남 합천)

우리들의 고향

물은 낮은 곳으로만 흐르면서
말없이 겸손함을 가르치며
흐르다 구덩이를 만나면
다 채운 뒤에 다시 흘러서
더불어 함께하기를 실천합니다.
바위를 만나면,
옆으로 돌아 흐르는 그 물이
순응하는 삶을 가르치기도 하고
내를 이루어 흐르는 물위에
나뭇잎 하나 떨어지면
포용하여 어깨동무로 동행합니다.
그러다 강을 이루게 되면,
물 속 생명을 모두 아우르며
자비와 사랑을 실천하지요.
물은 마침내 바다에 흘러들어
너와 나 구분 없이 하나가 됩니다.
삼라만상이 한 몸임을 보여 주지요.

바다는 일체를 받아만 들일 뿐,
결코 거부하지 않습니다.
분별심도, 시비심도 다 거두어 버립니다.
우리는 누구나 저마다
큰 바다를 가지고 살아갑니다.
바다는 저마다의 물의 고향입니다.
고향은 모두가 한결 같이 그리워하는,
포근한 어머니 품속 같지 않나요?
우리 몸의 고향은 어디일까요?
무시무종(無始無終)의 영원한 안식처,
바로 우리들의 〈마음〉입니다.
늘 넉넉한 바다같이 그런 여유 있는
마음들이었으면…

2004.7.18.

칠월의 희망

벌겋게 달아오른 칠월 염천(炎天),
잉걸불의 뜨거운 열기가
하늘을 녹일 듯이
대지를 태워 버릴 듯이,
무엇이 저를
이리도 노하게 하였기에
차별 없는 화염을 뿌려댈까.

남항 바닷가 한켠
자갈치 시장에서
이른 아침부터 고래, 고래 외쳐대던,
〈사이소〉 아지매들 목소리도
뙤약볕 쏟아져 내리는
시간 속으로 잦아들고,
아침에 부풀어 오르던
희망마저 졸고 있다.

도회의 포도(鋪道) 위에 뒹구는
힘에 겨운 신음들이
가로수 가지끝에 매달려
떨고 있는 애처로움.
잎새에 이는 해풍 한 줄기로
훅! 한 숨에 날려 보내면
청빛 바다 숲 위에서 허공을 노젓는
흰 갈매기들의 날개짓에 깃든 꿈처럼
내일의 희망으로 영글어 갈텐데…

2004.7.26.

물처럼 바람처럼

불타는 이 여름은
몸속 수분을 하나도 남김없이
다 빼내어 버리기라도 할 듯이,
중복(中伏)의 주사기까지 들이대고
지치지 않는 불기운 앞에
마지막 버틸 힘조차 소진해버린,
왜소한 군상(群像)들은 숲 속 그늘로 몸을 숨기고,
장렬히 바닷속으로 저항의 몸짓을 거둔다.

어느새 다정스런 봄향기의 속삭임은
까마득한 전설이 되고,
서늘한 바람 한 올이 그리워
지쳐 서있는 수목의 발치아래
잎새 그늘로 좇아들며
텅 빈 하늘을 향한 시선은,
헐떡이는 숨결을 뉘어 둔 채
가을로 돌아드는 길을 찾는지도 모른다.

자연의 소리 어우러져
음률되어 흐르는 개울가,
솔 숲 우거진 너럭바위에서
스쳐 지나는 맑은 바람 부르고,
허공에 흩어지는 새소리도 청하여
가을의 그리움 한 줌 우려낸
향기로운 한 잔의 차라도 마주하였으면 싶다.

천상(天上) 저 검은 밤 하늘위를
돌아 흐르는 은하수 맑은 물에
어지러운 머릿속 번뇌 씻어내고,
달라붙은 가슴속 시름도 털어내어
불볕더위에도 물들지 않고,
먼 하늘 흰 구름 실어 떠나는
푸른 바람이 되어
휘헝한 들녘 가로 질러
훨 훨 훨 날아 떠났으면…

2004.7.30.

8월의 희망 노래

8월 휘황한 도심의 꿈들이
가슴속 깊은 바닥에서부터
저 찬란한 하늘빛을 좇아 올라
무리지어 메고 지고,
바다를 돌아들어
깊은 산 계곡을 뛰어든다.

흰 구름 뭉게뭉게 피어나는
수평선 저 너머 먼 곳으로
지쳐난 발자욱 남겨 지울 때,
폭염 무르익어 튕겨 오르는
산 모롱이 건너 도는 곳으로
푸른 꿈도 따라 돈다.

꿈 신고 사랑 담은 흰 돛단배를
노 저어, 저어 가는 그 길에는
불타오르는 성하의 노여움도
구름 되고 비가 되어
어느새 가슴벽 시름마저도
파도에 흩어지는 물이 되리라.

노을빛에 물든 솔 그림자가
길게 드리운 산자락으로 숨어들고
봇짐 둘러멘 초라한 가슴이
긴 한숨 접고 고단함 부릴 때
별빛 따라 다가서는 고운 꿈들은
행복의 옹달샘에 녹아 젖는다.

2004 갑신 팔월 초 엿새

자산골 정자나무

동구 밖 안산자락의 휘헝한 그루터에
홀로이 우뚝 버텨선 우리 동네 정자나무는
큰 발을 땅에 묻고, 하늘 향해 팔 벌린 채
비바람 눈서리를 맨몸으로 맞아 살아왔다.
길고 긴 여름 하루해를 큰 그늘로 드리워서
달아 오른 뙤약볕에 시달리던 가지 잎새는
어둑살 내리는 초가 봉창에 하나, 둘 호롱불이 켜지면
그제서야 하루의 고단함을 뉘었다.
넙적돌 얹혀 앉힌 등걸, 발등 위에서
고누놀이 아이들의 왁자한 소리에도
엷은 미소 보내고,
허리춤에 장죽 물린
촌로들의 시름도 재여 담은 채
앞개울 새벽 치성 올리는
아낙네 마음까지도 다독여주던 정자나무!
초가집 가난한 담장 너머로 웃음소리 피어오르면
덩달아 어깨춤 같이 추고,
골목 할매 가슴에 깊은 시름 차오를 때에는
말없이 시름 한 올 덜어내던
인정 많고, 눈물 많은 할매 같은 정자나무!

크게 뽐낼 것 없는 턱턱한 살림살이일망정
오손도손 정 도타운 산촌마을 지붕 위로
청솔가지 저녁연기가 자욱하게 내려 깔리고,
서산 넘는 햇살에 수줍은 노을이
바알갛게 물드는 초가마을을 굽어보면서
나 여기 오래 살리라.
이토록 순박, 다정한 골새미 자산골에서
천년 넘어 살리라.
부토(浮土)되어 스러져도 수호신으로 남으리라
아! 우리 마을 정자나무여!
자산의 참주인은 바로 너였구나
너야말로 진정 이 고을의 터줏대감 이었구나.

2004.8.11.

가을이 오는 소리

지금쯤 가을은 어디만큼 오고 있을까,
화려한 망사 날개옷으로 곱게 치장한 매미들이
뜨거운 여름을 진저리치는 울음으로 달구고,
싱그런 숲속 신나는 나들이를 접고는
다시 또 음습(陰濕)한 질곡의 땅속으로
먹빛 서러움 안고 가는 그 길목쯤일까.

벼이삭 여물어가는 변색의 들녘 하늘위로
빨갛게 익어가는 고추밭 언저리에서도
초가집 마당 위를 어지럽게 맴돌던
빨간 고추잠자리 떼가
고단한 날개를 접는 하늘가 어디쯤일까.

어쩌면 이미 가을은 아무도 모르게
우리 곁에 와 있는지도 모른다.
따가운 볕살에 무성한 여름이 헐떡이고
가을의 그리움에 지쳐 우는
초저녁 귀뚜라미 울음이,
뜨거운 유월 그믐녘을 배웅하는 길 위로
여름은 마지막 저항을 하는 군사들을 불러 모아
퇴각을 서둘러야 할 절후(節候)가 가깝기 때문이다.

그러나 가을이 오는 기척은
이런 자연의 질서 속을 헤엄치는
저 곤충들의 몸짓 뿐만아니라,
가만히 귀 기울여 들어보면
진즉 우리들의 마음속에서 들려온다.
일체가 유심조이니
우리의 마음속에 행복의 가을을 그려 넣자.

2004.8.13.

저무는 여름

그토록 소란스럽던 무더운 여름의 아우성도
가을을 귀띔하는 처서의 기척에 잦아든다.
어느덧 여름의 낭만과 추억들은
결실의 가슴 나무에
주저리주저리 열매 맺히고,
한편으로 파란낙엽으로 져버린
안타까움에 진저리도 인다.

하늘 저 편
은하수 흰 물결위로 얹혀 놓인
오작교(烏鵲橋)의 가슴시린 칠석 사랑은
빗물에 얼룩지더니,
여름 끝자락 심술궂은 폭풍에
할퀴어 버린 가슴들만큼이나 서러움에 젖는다.

아직 잔 더위 머금은 휘헝한 하늘 위로
스산하던 마음들을 실어 날리고,
흘러 도는 뜬 구름 사이로 밝은 햇살 비칠 때
여름은 벌써 저만치 세월의 수레를 타고 넘는다.
가을이 오는 길목
무더위, 큰 바람으로 멍들고

허전한 가슴벽에 달라붙은 시름들 걷어내고,
시린 마음 생채기에 희망의 속살 돋아 아물어
풍요의 가을 활기찬 기운으로,
넘실넘실 물결 쳤으면...

2004.8.24.

자연이 살아야

일상에 젖어 무덤덤하게 살다보면,
도심 회색빛의 빌딩숲이
어느 한 순간에
쓸쓸하고 초라해 보일 때가 있다.
태초랄 것도 없이
우리가 어렸을 때만 해도
초가을 저녁,
벽을 타고 들려오던 귀뚜라미 소리가
그리도 청아(淸雅)하게 맑았고,
한 밤중 중천을 타고 넘는 둥근 달이
그렇게도 휘영청 밝게 비추었는데...

언제부터 우리는
이런 자연의 소리와 빛을
까맣게 잊고 살았는지
서글픈 생각이 자주 든다.
계절 탓인지, 나이 탓인지
왜소해져 가는 심성 탓인지 모르지만,

지금처럼 멋없는 환경이 오래도록 지속되어서
먼 훗날 시계 바늘이
어떤 한계점에 다다른 때가 되면,
지금은 아무런 대가 없이 쳐다보는
밤하늘의 저 별과 달빛을 보는데도
아주 비싼 관람료를 지불하고
봐야하는 날은 오지 않을까 싶다.

2004.8.25.

즐거운 인생

소나무 가지 위에 걸린 밝은 달빛 아래로
숲 속 풀벌레 속삭임이 고즈녁한 산사(山寺)
바람에 일렁이는 나뭇잎새 아우성이
섬돌 뜨락으로 꽃비처럼 흩어질 때,
가슴으로 드는
한 줄기 바람이 참 싱그럽다.
가을이 오는 길목에서 밤하늘 별을 본다.

꽃 피는 봄 있으면
이처럼 초가을 밤은 달이 밝고,
바람 부는 여름 지나간 자리에는
겨울 되어 눈 내릴 터...
자연의 질서 속에 계절은 순환하듯
맑은 생각으로 씨 뿌려 가꾼 마음 밭은
언제나 좋은 세월 이어지고,
옹졸한 마음을 넓게 쓰는 도리 알면
더 좋은 시절이 한결 같으리.

2004.8.28.

유월의 향수(鄕愁)

녹음이 물씬 여무는 숲 속 까만 하늘에,
보름을 타고넘는 휘영청 밝은 달이
뽀얀 새털 구름 잔물결을 헤치며
중천을 노젓는 초여름 한 밤중에,
적요(寂寥)한 달빛 향기가 마음의 때 씻어내고,
산사 뜨락을 흐르는 풀벌레 울음이
적막의 이음새를 흐트려 놓고는
광막한 우주공간을 피어오른다.

유월!
싱그런 청포도의 계절,
오월의 찬연함이 비껴간 턱턱한 하늘빛에
지금은 유년시절 추억의 사진첩 속에서만
아련한 숨 조심스레 삭이며 누워있는 향수
고향집 장독대를 타고 오르던 넝쿨에,
송이송이 맺혀 달린 연초록의 포도알들이
유월 한 낮의 뙤약볕을 해바라기하여
달콤새콤 영글어만 가더니...

2005.유월 초 엿새

숲속 향기

초여름 유월의 숲속 향기는,
자연의 온갖 소리와 모습으로 잘 버무려진
한 그릇의 푸짐한 산채 비빔밥이다.
크고 작은 수목들은 제 키만큼이나 깊이
땅속에다 발을 묻은 채 흙내음을 적셔 올리고,
가지 끝에서 아양을 떠는 잎들은
스쳐가는 바람을 붙들어 양념을 보탠다.

이 산, 저 산의 소식들을
우체부처럼 전해 나르는 산새들의 지저귐,
그리고 풀벌레들의 합창!
울창한 숲 그늘을 뚫고
스며드는 햇살 한 줌도 맛깔을 더한다.

녹음 우거진 골을 따라
곡수의 음률 흘러내리고,
안개처럼 번지는 숲속 맑은 공기로
알맞게 간을 맞추니,
싱그러운 숲 향기가 가슴 가득 넘친다.

이렇듯
흙내음과 골바람결
산새와 풀벌레들의 화음
맑은 계곡물 위로 밝은 햇살 얹히고,
상쾌한 공기 더불어
조화롭게 생성된 숲 향기
그 속에서 살고 싶다.

2005.6.19.
밀양 구만산, 통수골에서

그리움에 젖은 마음

비가 오면 옷이 젖고,
그리움 밀려오면
마음이 젖는다.

비에 젖은 옷은
햇볕에 말릴 수가 있지만,
그리움에 젖은 마음은
무엇으로 말릴까,

그 무엇인가
어딘가로 향하는 순수한 마음은
햇볕에 말려버리기 보다는
땅속으로 스며 고이는 빗물처럼,
마음속 깊이
마르지 않는 옹달샘으로
가득 채워 둘 일이다.

언젠가 문득 애가 타도록
또다른 그리운 마음 인다면,
옥같이 맑은 옹달샘물이
한없이 그리워지는 날 있을지니...

2005.6.29.

비오는 날

회색 구름이 허공을 맴돌다
북쪽 하늘,
남녘 바다 위를 오가며
비가 되어 내리면,
어지러운 음률
소란스러운 율동에
마음마저 어느새
비의 색깔로 물든다.

남으로 열린 아파트 창문 너머
꿩울음 우짖는 수풀 사이로
잠시 햇살드는 낮 동안에도,
여전히
구름 속을 서성이는 비,
청(淸)한 하늘빛이
더욱 그리워지는 한나절!

2005.7.3.

주유천하(周遊天下)

장마 더불어 따라온 습한 더위가
끈적끈적 전신에 달라붙는 여름이다,
소서, 대서 사이를
징검다리처럼 놓여있는 초, 중, 말 삼복.
장마가 서산일락(西山日落)처럼 홀연히 사라지고 나면,
뜨거운 열기는 또, 얼마나 이 여름을 달굴지
이럴 땐 모든 번뇌, 시름 다 접어두고
홀가분히 속진(俗塵)을 벗어나
어디든지 훌훌 떠날 일이다.

발길 가면 가는대로, 정처 없이 걷다가
멎으면 멎는 대로 흐르는 냇물에 발 담그고
물속을 떠내려가는 흰구름을 벗하여
붓길 가는대로 마음의 종이위에
멋대로 그림을 그려도 좋다.
그리운 옛 벗을 불러
한 동이 술을 청하여
푸른 하늘에 풍류소리 날려도 보고,
흰 구름벽에다
낙서를 새겨봄도 좋지 않은가...

2005.7.6.

64

기다리는 세월

성하의 볕살에 파아란 하늘이 탄다,
더위를 묶었던 그 장맛비는
지금 어디서 눈총을 받을까,
그 새 그리워지는 비,
바람은 또, 어디로 가버린 걸까
할딱이는 도회의 포도위로
갯내음 실어나르던 해풍마저
파도랑 눈맞아 떠난 것일까.

지쳐버린 잎새를
가슴속 시름처럼 매달고 있는
늘어선 가로수들도,
그늘을 드리우지 못하고 있다.

개선장군처럼 우쭐대는 더위,
지배당한 군상들은 산속으로,
바다로 숨어들지만
시간이 걸어간 발자욱을 따라
세월은 기다림을 품에 담은 채
여름을 지켜만 볼 뿐…

2005.7.19.

칠월의 회상(回想)

회색의 하늘 공간에
무거운 얼굴로 찌푸린 칠월,
안그래도 팍팍한 가슴은
장마의 진저리에 떨고 있다.
폭염을 머금은 여름은
아직도 오수에 졸린 눈 껌벅이며,
빗줄기 사이로 배어드는
여린 더위의 할딱 숨을
한 숨, 두 숨 세고 있다.
바다가 그리운 연인들의 갈증,
부서지는 포말에 속타는 동심들도
저 먹빛 구름 위를 작열하고 있을
찬란한 볕살이 목마르기는 매 일반이리라.

막막한 백사장을 뒹굴던
그 젊음의 낭만과 향연이
까마득한 동화 속 전설처럼
어느새 머언 기억 속에서만 맴돌며,
하늘하늘, 흔들리는 중년의 나이에
가느다란 잔숨으로 얹힌다.
끝없이 밀려 오가며,

반복을 거듭하는 저 파도도
언젠가는
어린 아기가 졸음에 눈 비비다
깊은 잠에 빠져들 듯,
끝없는 되풀이를 멈출 때가 있을까.
우리들의 싱그럽던 낭만도,
저 파도처럼
또다시 지치지 않는
반복을 거듭하였으면 좋으련만...

2005.7.22.
해운대를 서성거리다가

마음의 평 수

반백의 인생살이라면
먹을 만큼 먹은 나잇살일까.
먹은 나잇살만큼 생각의 샘이 깊어지고,
마음의 평 수 또한 넉넉해 졌을까.
문득 이런 생각이 든다.
세월 따라 입이 무거워 지고
애정의 꽃은 가슴속에서만 피울 일이다.
나이가 들어가매 종종걸음 할 일이 줄어들고
뚜벅뚜벅 걷는 발걸음에는 세월의 무게가 얹힌다.

바삐만 살아오는 동안,
굽지고 가파른 인생 고갯길에서,
비로소 뒤돌아보는 오늘에사
세상사 머리로 굴리고, 몸으로 서둘 것이 아니라
넉넉한 마음 밭을 일굴 일이라는 생각이 든다.
그런 곳에는 온갖 씨앗을 파종할 수 있지만,
각박하고 비좁은 마음터라면
바늘 하나인들 꽂을 수 있겠는가.
더불어 마음의 때도 씻어내야 한다.

청명한 밤하늘에는 보석처럼 빛나는
수많은 별들을 볼 수 있지만,
먼지 끼고 구름 드리운 하늘에는
아무것도 볼 수가 없다.
욕심의 그늘로 가린 마음보다는
비우고 열린 마음이라야
사철 밝은 햇살로 가득차겠지.

2005.7.27.

가을

선홍빛 숲속,
풍성한 결실의 들녘

향수(鄕愁)의 가을여행

보냄과 거둠이 만나는 계절,
아직은 여물지 않은 연둣빛 엷은 가을
더 한층 높은 하늘 위를 고추잠자리 떼가 맴돌고,
황금물결 넘실대는 들판은
볏잎 속을 헤집는 메뚜기들의 잔치 터,
그들의 날갯짓과 뜀박질 속에 가을이 성큼 다가왔습니다.

넓은 벌판 가운데에서, 참새와 허수아비 다정하고
변색중인 가로수길을 따라 수줍게 하늘거리는 코스모스
가을빛에 피어난 은빛 억새풀이
실바람 한 줄기에도 힘이 겨운지
흰 머리 풀어헤친 몸부림이 정겹습니다.

지천(地天)으로 널린 가을의 단편들은,
이렇게 일부러 욕심 부리지 않아도
한아름 가득 주울 수 있지만,
어린 시절 초가지붕 위를 뒹굴던 하얀 박들은 자취를 접고
우물가 아낙들의 웃음소리마저 사라지니,
휘헝한 가슴속으로
뽀오얀 추억의 향기만이 애잔스레 피어오릅니다.

가을의 그리움이 묻어나는 곳,
외길로 길게 난 그 오솔길은
동심과 향수가 짙게 배어있으며,
아무런 준비 없이 먼 길 떠날지라도
가다보면 발길 닿는 곳 그 어디든 넉넉할 것이고,
밝은 햇살 따사로운 시골길에서
풍요의 풍경 듬뿍 눈 사냥한다면,
돌아오는 노을 길,
가을바람은 더더욱 청아하게 맑겠지요.

2004.9.10.

한가위 보름달

〈달 달 무슨 달 쟁반같이 둥근달
어디 어디 떴나 남산위에 떴지〉
그렇게 둥실 떠오른 보름달은
우리 동네를 비추고, 우리 얼굴도 비추었습니다.
한가위 추석!
오곡이 무르익고, 백과가 여무는 음력 팔월 보름.

우리 어린 시절
늘 허전하기 만한 뱃속을 실하게 채울 수 있어
마냥 신이 났던 추석,
앵두 따다 실에 꿰어 목에다 걸고
검둥개 데불고 냇가로 달마중 가자며 부르던 동요가락이
어느덧 귀보다는 가슴에 먼저 들려오는 이 나이에
추석은 그리움 되고, 향수가 구름처럼 피어오릅니다.

그런 반달이 둥근 보름달이 되기까지는
물 길러 가는 할머니 치마끈에 쪽박으로 채워주고,
아장아장 아기 발에 신짝으로 신겨주기도 하였으며
방아 찧고 아픈 팔 쉬는 누나에게 머리빗을 만들어 주던
윤석중 님의 '반달'의 추억이 배어있기도 하겠지만...

돛대도, 삿대도 없이 드넓은 하늘바다를 노 저어
은하수 찾아 구름나라로 간 반달이
어디로 가야할지 방황할 때,
멀리서 반짝반짝 비추이는 샛별을 등대 삼아 가라 당부하며
나라 잃은 설움의 백성들에게 희망을 심어주던,
윤극영님의 가슴 아린 눈물과 한을 머금은 채
둥글고 환하게 차올랐을 것입니다.

2004.9.17.

즐거운 추석

깊어가는 가을을 따라
높고 먼 만산의 나뭇잎들도
저절로 물드는 계절이고 보니,
〈밝은 달 촛불 삼고 또한 벗을 삼아
흰 구름으로 자리 펴고 또 병풍 두르니
청한(淸閑)함은 뼈에 저리고 심간을 깨워주네.
흰 구름 밝은 달 두 손님 모시고
나홀로 차 따라 마시리〉라던
옛 선사의 풍월이 들리는 듯하다.

황금빛 들녘 가득 벼 알곡 넘실거리고,
누런 콩잎 지우는 밭고랑 사이에
드는 햇살도 풍요한데,
산그림자 길게 늘인 앞개울 실개천을
아무도 상(賞)줄 이 없는
경주를 해대는 송사리 떼들의
헤엄질이 여유로운 이 가을!

쌀쌀한 듯 따사로운 날씨의 변덕속에
풍요함 가운데 스며드는 허허로운 심사도
아무렴 무르익는 가을의 계절 탓일까.

선반위에 얹힌 대바구니 속 곶감을
아무도 몰래 빼먹기 위해
돋움발로도 모자라는 손끝이 안타까워
한 살이라도 더 빨리 먹고 싶었던
어린시절 추억.

어쩌다 꿈속에서나마,
아무 말씀도 없는 부모님을 뵙고 나면
한참을 그리움의 진저리에 몸살 앓는
어줍잖은 나이가 되어서야,
당신들의 대가 없는 자비 희생에
가슴속은 먹먹함으로 회한이 인다.

2004.9.23 갑신 추석에

가을하늘처럼

가을 하늘은 파란 얼굴로 높이 떠 있다.
그것은 우리의 눈을 통해 바라볼 때 그렇게 보일 뿐,
마음의 눈으로 바라보는 하늘은 더 높기도 하지만
눈이 시릴 정도로 맑고 깊어 더욱 더 넓기도 하다.
노을이 곱게 내려앉는 해거름녘 가을 하늘은
높고, 먼 곳이 아니라 서산 마루턱까지 내려오고,
수줍은 새악시 볼처럼
발갛게 물든 그 하늘이 어둠의 시간으로 바뀌고 나면,
하늘은 마침내 땅 위에 눕는다.
초조하게 긴 밤을 떨다가, 먼 닭 우는 소리 들리고
동녘으로부터 밝은 빛 일면 그 때에서야,
비로소 뿌연 얼굴 비시시 기지개 켜고 자리를 떨친다.

이렇듯 하늘의 일상이 우리네 삶을 알리는 듯
굽이도는 인생길 가다보면 오르막 힘든 고갯길도 있고
우산 없이 나선 여행길에 바람찬 소나기도 만날 것이며,
거친 파도 이는 뱃길을 체념한 채, 풍랑이 멎기만을 기다리는
나약한 자신을 한탄하며 절망할 때도 있겠지만,
언젠가 오르막길 다할 때 있고, 소나기도 지나가기 마련이며
때 되면 풍랑도 멎을 것이니 조바심 걷고 여여히 기다린다면
내리막길 보일 때 멀지 않고, 잔잔한 항해 길도 펼쳐지겠지.
2004.10.11.

광화문 앞에서

북한산 남녘 자락
양지바른 북악에 걸터앉은 푸른 기와집이
쏟아지는 늦가을 햇살에
한층 푸른빛이 더하고,

광화문 대로변을
도열한 은행 나뭇잎은
눈이 시리도록
진노랑 물감으로 채색하여 뽐내더라.

열기 식어버린 붉은 해가
서쪽 하늘을 맴돌 때
주홍빛 노을이 구름천 위로
곱게곱게 수를 놓고,

세종문화회관 지붕너머
높고 파란 하늘위에로
아름다운 선률이
꽃구름처럼 퍼지더라.

2004.11.6 · 7.

가을 단풍

만산(滿山)이 붉은 바다숲이 되어,
색동의 잎으로 넘실대는 이 계절!
세상을 덮었던 쪽빛 물결이 스쳐간 뒤
가을이 깔고 앉은 산마루와 등성이를 지나
산자락을 따라 타고 내리는 골짜기까지
온통 원색들의 잔치로 찬란하리라.

'저무는 것 들은 아름답다' 하던가,
가을이 그렇고, 단풍이 그렇지 싶다.
떨어진 잎새가 부토되기 전 까지는
제 몸을 불태워 온 산을 물들이다
가을산 품속으로 찾아드는 나그네조차
빨갛게 물들이고서야 귀향할 것이다.

봄 산을 수놓던 화려한 꽃들의 자태보다도
더 많은 색을 칠해대는 가을 단풍!
한 그루의 나무에 달려있는 잎사귀들조차
가지각색의 등불을 켜들고,

수백, 수천의 나무들 잎새마다
피보다도 더 진한 붉음을 뽐내며
곱게 물든 노을빛의 은은함도 묻어 있으리.

살짝 건드리기만 하여도
쩍 갈라져 버릴듯한
눈이 시리도록 푸른 하늘을 머리에 인 채,
청(靑)한 가을 햇살이 한창 여물고 있는
단풍 우거진 숲으로 찾아 들고 싶다
그리고는 단풍인 양 물들고 싶다.

2004.10.16.

만추(晩秋)

가을의 풍요로움은 따사로운 햇살에,
눈부신 황금빛 들녘 벼이삭들의 미소와
낮은 산비탈에 웅크려 앉은 밭고랑에서
소슬한 바람결따라 서로 몸 부대끼고 선
갖가지 잡곡들의 속삭임 뿐만아니라,
가을의 무게를 이기지 못한 채 떨어지는
주홍빛 열매들의 애틋한 그리움까지
지천으로 무수히 늘려 있다.

여름내 내려쬐던 뙤약볕을 참아내며,
음습한 논물 속에,
푸석대는 흙 속에다 발 딛고 선채로
절기 따라 여물다가는 스스로 고개 숙이고,
깎지 부풀리면서 알곡으로 거둬지는가 하면
더러는 땅속 깊이 제 고향을 찾아들고
높은 가지 끝에 매달려 까치밥으로 남기도 한다.

만추의 스산한 바람 따라
고운 단풍 잎새를 어느새 깃털처럼 떨궈내며
더 깊이 뿌리 내리는 나무들에서
자신을 비워 털어내는 무욕의 겸허함을 본다.
저무는 가을은 이제, 이 땅 어디든
변색의 그리움 되어 높고, 푸른 하늘 아래로
소리없이 잦아들고 있다.

2004.10.22.

만추의 아쉬움

주룩주룩 가을비가 훑고 간 뒤
어느새 초겨울 기운을 머금은 찬바람이 입니다.
황량함이 묻어나는 텅 빈 들녘 풍경이
오히려 정겹게 느껴지고,
높푸른 하늘 아래로 펼쳐진
변색의 산과들 또한
맑은 빛으로 더 아름답습니다.
지는 가을이 아쉬워, 늦게 물드는 은행잎들
샛노란 잎새에 머무는 햇살이 한가롭지만
가지 끝에 매달린 만추(晚秋)는
진저리를 떱니다.

떠나는 가을을 따라 나선 낙엽진 숲길에서,
나뭇잎이 작아서가 아니라
나무가 작아서 이름 붙여진
앙증맞은 애기단풍 한 그루!
붉은 잎새 몇 주워다 책갈피 속에 접어두고는,
틈날 적에 편지라도 쓴다면
이 가을의 속삭임을 담고
마음을 실어보낼 시엽지(詩葉紙)로 쓸까.

모든 것 떨쳐버리고
다시 자연속으로 회귀하는 늦가을,
숭고한 삶의 편린(片鱗)들을 보며 생각해 봅니다.
많이 가진 것 없어도 행복해지는 길은,
행복 찾아 발품 팔고 소매 걷을 일이 아니라
우리네 마음속 허욕만 들어낸다면
행복 담는 주머니는
차고도 넘칠 것이라고...

2004.11.12.

추석

추석 십오야 전날 밤,
대청마루에 앉아 온 식구가 모여 송편 빚을 때,
그 속에 푸른 풋콩 말아 넣으면,
휘영청 밝은 달빛은 더 밝아 오고
뒷산에서 노루들이 좋아 웃었네.
어린시절,
추석이나 설처럼 큰 명절이나 되어야만 기껏 구경 한번 해보던
무궁화나 태극기 문양 새겨진
노란 쇠단추의 검정 학생복 한 벌과
군청색 기차표나, 말표 운동화 한 켤레.
한층 높이 올라간 푸른 가을 하늘을 뛰어올라 깡총거렸는데
나이가 그렇게 적지도 않은 지금에도
추석이 되니 그 때 그 시절의 어린아이처럼 마음이 들뜬다.
이 세상 머무는 동안
영원히 기억속에서 멀어지거나, 결코 사라져 없어지지 않을
고향,
어머니,
소꿉동무,
향수,
그리고 동심,

이런 의미를 몽땅 품고 있는 말이 바로 추석이 아닐까,
그래서인지 이미 이 땅위와 하늘을
함께 할 수 없는 부모님 생각에
작은 가슴은 태산같이 미어지고,
어릴 때 같이 뛰놀던 옛동무들이 더욱 그리워진다.
더 늙어 부질없는 욕심이 늘고,
한 줄 더 쳐지는 나이테처럼
이마의 주름살 굵어지기 전에
오누이들 피붙이간 우애 돈독히 더하고,
그동안 못다한 옛동무들과의 회포도 흠뻑 나누어
바늘같이 옹졸한 가슴이라면
대문같이 활짝 열어 그렇게 살아야지.

2005.9.15.

수확 없는 가을

여름내 뜨거운 볕살에 살을 불리고
탐실한 알곡으로 여무는 가을이
아래로 가까이 내려올수록
하늘은 더 높이 날아오른다.

포도(鋪道)를 늘어선 가로수 은행잎들도
어느새 노란 향기를 즈려 머금고는,
지우고 털어내 처음으로 돌아갈 채비하는
계절의 길목에서 나는 오히려
욕심을 억세게 부둥켜안고 있다.

가꾼 것 없이 공(空)으로 챙기려 하는 심보와
나눈 것 없으면서도 목을 빼는 뻔뻔함
나의 가을은 부끄럽고, 가난한 계절이다.

아무것도 거둘 것 없는 풍요한 배반의 가을,
나는 차라리 밤새 대가없이 쏟아져 내린
푸른 달빛을 줍고,
눈이 시린 별빛을 쓸어 모아
텅빈 헛헛한 가슴을 채울 뿐이다.

2005.9.21.

가을 달밤

길게 얹힌 밤하늘에
땅위를 일렁이는 바람 더불어
높이 올라간 흰구름 무리들이
짝을 찾아 모이고 또 흩어진다.

반쯤 베어 먹힌 휘헝한 달 옆으로
한 뼘은 더 넓게 쫓겨난 별들이
그런 달을 좇아 머물고파
구름새를 깜빡이며 아양을 떤다.

그러나,
달에서 멀어진 넓은 하늘 벌판에
무수히 달라붙은 저 별들은
서러움에 울어 지친 가슴속 시름이
시린 달빛길을 휘청휘청 올라
산산이 흩뿌려진
내 마음의 먹빛 파편들이다.

2005.10.20.

가을이 가기 전에

벌써 동짓달
가을이 떠난다.
단풍 들고, 지는 숲 사이로
논두렁 사이사이에도
두런두런 계절의 속삭임
예전에도 이맘 때는
키 작은 늦가을 햇살에
소나무 그림자 길고,
텅 빈 들녘위로
갈가마귀 떼 요란했다.

세월을 우려낸 물에
누렇게 색바랜 인생,
그럴수록 향수는
흰구름에 실리고
동심은 그리움으로 얽힌다.

가을이 다 가기 전에
곶감처럼 걸어두어야지
아직은 푸른 마음을...

2005.11.3.

세월이 가면

뉘라서 붙들까
머물 리 없는 세월,
한 허리 꺾자 하나
부러질 리 없고
동이고 매어 본들
유수에 잠긴 구름인 듯
야윈 어깨에 걸터앉은
무거운 세월.

태산 먼당에 얹힌
가슴속 시름도
바람에 흩어지는 구름처럼,
언젠가는 사라지겠지.

2005.11.22.

겨울

내일의 희망을
잉태하는 계절, 하얀 고요

예성(藝星)의 물방울

낮은 곳으로부터 높이 오르고 싶어
강에서, 바다에서
땅 기운 더불어 허공을 솟구쳐 올랐어라.
하늘의 강, 은하수 맑은 물 머금고
다시 내려와 하얀 이슬이 되었네.
삼라만상(森羅萬象) 고요히 잠든 밤을 걸어서
먼동이 트는 새벽녘에야
장독대랑, 축담가
텃밭 모란이랑, 온갖 풀이파리 끝에
수줍게, 수줍게 함초롬히 맺혔어라.
아침햇살이 무딘 창을 겨눌 때,
마침내 너는
오색영롱한 물방울로 몸을 나투네.

아!
서럽도록 맑은 청순함이여!
나는 차마 너를 이대로 보낼 수 없어
세상에서 제일 소중한 자식을 보듬는
에미의 마음으로 너를 안으리.
내 안에다 너의 고결함을 담고,
내 곁에다 너의 찬란함을 수놓아서
영원히, 영원히
내 곁에 머물게 하리라.

예성도예(경기도 여주) 김진학군의
'물방울 도자기'를 찬양하며

축복의 꽃비 내리소서

세월이란 짧게는 하루, 이틀
길게는 한달, 두달
더 길게는 한해, 두해의 나이를
먹고 자란 이름입니다.
그리하여 강산이 변하고
약관(弱冠)과 이립(而立)을 넘기면서
사십의 성상 고개를 올라서면
불혹(不惑)이란 이름을 얻게 됩니다.

옛사람들은 이 나이가 되면,
세상 어떤 모진 풍파에도 흔들림 없어
반석같이 굳다하여 이렇게 작명하였겠지만
지금 세상에서야 어디
옛날 같기야 하겠습니까.
전통의 미풍양속,
하나, 둘 사라져가는, 어지러운 이 세월
고단한 인생길 한 십년을 더 살다보면
어느덧 하늘의 뜻을 헤아리는 지천명(知天命)!

신체적 기력이 떨어져가는 동안
품안의 병아리같이
여리게만 생각되던 아이들이
고두발 홀로서기가
대견스러워 미소 머금고,
훈풍 감도는 지명(知命)의 얼굴은
안도와 환희가 충만합니다.

2004.12.13.

그립다 말을 할까

그리움에 지친 순백의 향기에,
계절 값 못하매 조소(嘲笑)당하던 겨울
동짇날 앞세워 삭풍 일렁이더니
검은 하늘에 한설 머금은 기운.

까만 밤 흴 때까지 적요한 산사,
스산한 뜨락에 달빛 한 웅큼 스미고,
땡그랑, 땡그랑 풍경(風磬)소리에
오히려 그리워지는 햇살 한 줌.

계절의 빛 귀 기울여 찾고,
세월의 소리 향하여 더듬이 세워 보지만,
차라리 마음의 문 활짝 연다면
순백의 향기도, 햇살 한 줌도
그립다 할 일 무에 있으랴.

2004.12.22.

호수(湖水)

호수(湖水)는 제 옆으로 오는 그 어떤 세상도
본래의 모습 그대로 비춰 주는 거울입니다.
사물이 나타나면, 있는 그대로 받아만 들일 뿐,
오가는 사람에게 말을 걸거나, 타박하지도 않습니다.
그러다 사물이 사라지면 다시 고요해질 따름입니다.

그런데 어떤 사물이 비칠 때에도,
반드시 겉으로 드러난 형체만 비춰질 뿐
결코 그 본질은 비춰지지 않습니다.
나무나 사람의 모습은 형체가 있어 비추어지지만,
나무의 성질이나, 사람의 마음은 형체가 없으므로
절대로 비춰질 수가 없습니다.

만약에 이러한 무형의 본성마저 비추어진다면,
과연 어떻게 될까요?
어느 아름다운 호숫가 정자 같은 곳에
여럿이 함께 올랐다가, 수면에 비친 서로의 마음을 본다면
가슴 쓸어내릴 이가 어디 나 혼자뿐일까?

저 사람 마음은 저리도 순백하여 깨끗한데,
내 마음은 이리도 더럽다면
훗날 무슨 낯으로 저 친구를 대할 것이며
내 삶이 얼마나 부끄러울 것인가 생각해 봅니다.
과연 호수에 비친 내 마음은 얼마나 깨끗하고, 더러울까?

해돋이 소망

붉게 물든 수평선
한아름 햇덩이가 솟구친다.
엷은 구름을 잠옷 마냥 벗고는
살포시 낮은 하늘로 오른다.

해수면을 막 벗어나는 해는
Ω (오메가)의 맵시이다.
해를 놓치기 싫은 바다가
바짓가랑이를 잡아당기는 걸까,

아니면 해가 바다의 소맷자락을 끌며
하늘로 동행하자는 것일까,
합장한 채 고개 숙여 절 한 번 하고나니
어느새 한뼘은 키가 자라있다.

이 많은 사람들
가슴속 또한 천태만상이리라,
오늘의 저 해
어제 왔던 모습 그대로이고
내일 또한 그러할 것이거늘...

시간도, 세월도
스스로 본래 없는 그대로인데
갈래짓고 구분한 이들이 누굴꼬?

기축년(2007) 새해아침에

새해의 희망노래

을유년 새해가 우렁차게 밝았습니다.
붉게 물든 동해의 수평선 너머에서
어스럼 잿빛 하늘을 비끼고
희망되어 솟아오릅니다.

유난히도 비탈지고 굽이졌던
구랍의 험한 길 지나가고,
크게 홰치고, 목청 뽑는 수탉의
저 고고한 새벽 소리에,
어둠의 빛 스러지고
밝은 햇살 신작로가 펼쳐집니다.

심연(心淵)에 덮힌 시름의 안개 걷어내고,
왜소한 어깨에 드리운
고단한 그림자도 지워낸다면,
싱싱한 희망 나무에
탐스런 보람의 열매 열리겠지요.

웃어야 웃을 일이 생기고,
소망함이 이루어지듯
초라해지는 마음일랑
크게 키워 쓸 일이고,
희망 부푼 마음이면
더욱 넓게 펴서 써야겠습니다.

또 한살 세월의 무게가
발등에 얹히더라도
그럴수록 헛! 헛! 헛!
너털웃음 날린다면야
탱고의 리듬처럼
경쾌한 발걸음 되겠지요.

2005.1.3.

우리 사는 세상

차가운 겨울을 머금고 있는 섣달 보름,
겨울 저 하늘빛이 본래의 순백한 얼굴빛 대신
회색을 덧칠한 모양으로 찌푸린 것은
아무래도 땅에 대한 그리움을 아직 다 떨쳐내지 못한 때문일까.

엄동 얼어붙은 대한(大寒)마저 바쁜 걸음 서둘러 떠났으니,
봄을 일으킬 날 멀지 않고
어쩌면 땅속 기운은 바깥세상 나들이 품목들을
이미 다 챙겨 두었는지도 모른다.

겨우내 쌓였던 삶의 추억과 흔적들이
포도위에 나동그라지는 이른 아침 빗방울처럼 바스라져
쉼 없는 계절의 바퀴를 따라,
언젠가는 또다시 어느 한 겨울 그리움으로 남을 것이다.

우리 사는 이 세상이 힘들고, 고달픈 일상일 수 만은 없다.
어제는 편하고 넉넉했으며,
오늘인들 어디 눈, 귀 번쩍 띄는 반가운 뉴스도 없겠지만
겉으로 찾는 풍요로움이야 언젠가는 그 바닥 드러날 터

또다시 주린 배, 헐벗음이 옆자리 동무할 때면,
도로아미타불!
마음! 퍼내도, 퍼내도 줄지 않는 바다처럼,
아무리 보탠다 하여도 드넓은 허공같은 넓은 마음이라면,
늘 황금들녘처럼 풍요로울 것이다.

새의 즐거움은 넓은 숲속에 있고,
물고기의 기쁨은 깊은 물에 있듯이
우리들 삶의 여유와 즐거움은 바닷속 같이 깊고
허공처럼 드넓은 마음 가운데에 있다.

2005.10.24.

내일은 희망

입동인가 하였더니 벌써 소설(小雪)
황량한 초겨울 절후(節候),
옷 벗은 나뭇가지 위로
묏새들의 풀 죽은 지저귐
서리 묻은 몸 털어내듯
기운 잃은 햇살 바라기
저들의 보금자리에서
보듬는 체온은 얼마일까.

청량(淸凉)한 하늘 높이, 저 멀리
하얗게 피어오르는 희망
내일은 오늘과 다르겠지.

2004.11.22.
甲申年 小雪

그리운 마음

주룩주룩 겨울비의 음률 속에서
스산한 가슴속 고독을 본다,
그리고 고동처럼 울려대는 아우성까지...

이제껏 내리고 비운 마음이라 여겼는데
한 줄기 가는 숨결에도, 야윈 몸 흐느끼는 촛불처럼
외로, 모로 비틀거리는 참 왜소한 영혼을 닮았구나.

어느 날,
파란 하늘위에 걸린 수평선을
엷은 주홍빛이 자락을 드리울 때에도
혼자 떠도는 고혼의 울음소리 들리더니
발도 없는 마음이지만 참으로 거칠 것이 없구나.

이 마음,
잠기고 솟구치는 반복을 거듭할수록
번뇌, 육진 더욱 두터워지고
비의 음률 따라 다가온 고독의 잔영도
주홍빛 노을위로 흩어지는 고혼의 외침마저
어지러운 심사 노략질을 더한다.

그립다,
말갛게 씻긴 햇살 같은 마음이...

2005.2.17.

즐겁고 행복하게

흐르는 세월이 아쉽다고 안타까워하지 말자
괴로워하지도 말자.
때 되면 인생도 세월처럼 그냥 가는 것
그리고 물이고, 바람인 것을
세월의 여울목을 흐르는 저 강물을 뉘라서 막을 것이며,
푸른하늘 떠도는 저 구름을 뉘 있어 붙들어둘까.

사는 동안 우리 잘 살아야지
한 철 사는 인생 웃으며 즐겁게 살아야지,
사랑하는 사람들 소중한 인연들이랑...
남아있는 시간들이 아직도 길지 않은가.
날마다, 날마다 행복해하며 평화롭게 노래하면서,
먼 훗날 지나 나의 인생
참 복되게 잘 살았노라고,

잔잔하게 미소지으며 말할 수 있게...
우리 껄껄껄 웃으며 푸른 하늘이 되자.

2005.2.18.

석별(惜別)
- 고(故) 이상균의 영전에

아! 벗님아!
벗님이 육신의 옷 벗어드는 날
하늘빛은 노랗게 물들고,
칠흑의 그믐밤이 되었더라.
무에 그리 바쁜 일 있다고
이리도 홀연히 가더란 말인가.
내일 다시 금방 올 것처럼
그렇게 먼 길을…
언제 다시 오리라
뉘한테 정표라도 남기셨는가.
죽음이라는 것이,
누구에게나 때 되면 차별 없이
한번은 찾아올 몫이건만
이리도 바삐 챙기셨더란 말인가.
일흔도 안 되는 인생이
그리도 고단한 짐이던가,
가는 길에 짐 부려놓고
그냥 오지 그랬어.
예전에 그대가 왔던 길,
돌아가는 그 길이 어둡지는 않던가
혼자 가는 그 길이 외롭지는 않던가

준비 없이 떠난 길 배고프지는 않던가
부모처자 앞선 걸음 무겁지는 않던가.

이제 겨우 육십 마지막 고개,
아직도 넘어돌 길이
굽이굽이 남았는데…
오호! 참으로 통재하고, 통재하오.
지금도 벗님 발길, 머문 자리자리 마다
님의 발자취 남아있고,
그대 미소 정답던 골새미 뜨락에는
님의 숨결 여전한데…
그대는 갔으나
보내지 못하는 우리들은,
구중심처 달라붙은 애착 한조각도
떼어내지 못한 까닭인가,
조석으로 이는 바람 서늘하여도,
진정되지 않는 마음은
식지 않는 풀무질만 해대고 있다.

이제 모습을 여의고 떠나는
벗님아!

이생에서 머물던 때의
온갖 번뇌, 시름 다 부려놓고,
무거웠던 인생 짐도 모두 벗어버리고
삼세가 둘 아닌 영겁의 세계
만생명의 본래자리에서,
부디 상락안식(常樂安息.)하시게.

*골새미 죽마고우를 보내며...拜

이우환의 얼굴

강 길 환

(아동문학가)

한권의 시고(詩稿)를 세(3)번이나, 거푸 읽은 것은 결코, 우연(偶然)이 아닐 것이다. 이우환이 나를 찾아와 원고 뭉치를 보여주었을 때, 나는 그 원고의 글보다, 그의 얼굴을 한참이나 뚫어지게 바라보았던 것이다.

내 눈에 비친 그의 얼굴은 세상에서, 사람살이가 이토록 어려운 작금(昨今)의 세태에서 깨끗한 얼굴, 그리고 천진하기 만한 그의 웃음과, 말소리가 나를 잠시 혼란스럽게 하였던 것이었다.

어느덧 내 나이 칠십고래(七十古來)에 들어섰고, 부산에 정착해서 살아온 세월은 43년이 훌쩍 지나갔다. 참으로 순식간(瞬息間)에, 지나간 눈 깜짝할 시간이었다. 이우환은 나와는 한 고향사람이고, 부산에서 만나 친구가 된 20여년의 지인(知人)이다. 그런 그가, 이번에 처음으로 시집

(詩集)이란 책을 엮어서 세상에 선을 보이게 된 일은, 그의 오랜 습작에, 그의 70평생이 고스란히 담겨있는 그의 얼굴, 마음, 삶의 흔적 그 자체가 된 것이다.

내가 굳이 그의 시편(詩篇)들을 시론(詩論)이나, 문학론(文學論)이란 잣대에 들이댈 마음은 전혀 없는 것이다. 그런 쓸 데 없는 행동이야말로 얼마나 하찮고, 역겨운 짓이 될 것인가. 다만 고향사람으로서, 친구로서 그와 나의 살아온 삶의 궤적은 전혀 다른 길이었지만, 그의 시(詩)를 읽은 내가 크게 공감하고, 그의 작품세계와 나의 정서가 함께 소통한 그 무서운 연대(連帶)를 이 짧은 글로 말하고자 한 따름이다.

운명(運命)의 부름에 한치의 거스럼이 없이 꿋꿋하게 살아오며, 평생을 문학의 길에서 잠시도 벗어나지 않았던 그에게 시인, 작가라는 그 혐오스러운 치사(致謝) 대신 이 짧은 글(이우환의 시집에 보태는 발문)로 내 친구인 그에게 칭찬하고, 감사하는 것이다.

2023.8.25.
무더운 날 새소리 들으며
부산, 명장동 우거 돈혜헌(潡惠軒)에서
강길환 쓰다.

그리움의 강

초판1쇄 발행 2023년 10월 5일

지 은 이 이우환
펴 낸 이 이길안
펴 낸 곳 세종출판사

주소 부산광역시 중구 흑교로 71번길 12 (보수동2가)
전화 051-463-5898, 253-2213~5
팩스 051-248-4880
전자우편 sjpl5898@daum.net
출판등록 제02-01-96

ISBN 979-11-5979-626-5 03810

정가 12,000원